Claudine von Villa Bella

Johann Wolfgang Goethe

Ein Schauspiel mit Gesang

Personen.

Don Gonzalo, Herr von Villa Bella

Donna Claudina, seine Tochter

Sibylla,

Camilla, , seine Nichten

Don Sebastian von Rovero, ein Freund des Hauses

Don Pedro von Castelvecchio, ein Fremder

Crugantino,

Basko, Vagabunden

Die Musik kündigt einen Wirrwarr, einen fröhlichen Tumult an, einen Zusammenlauf des Volks zu einem festlichen Pompe.

Eine geschmückte Gartenszene stellt sich dar. Unter einem feurigen Marsche naht sich der Zug.

Kleine Kinder gehen voran mit Blumenkörben und Kränken; ihnen folgen Mädchen und Jünglinge mit Früchten; darauf kommen Alte mit allerlei Gaben. Sibylla und Camilla fragen Geschmeide und köstliche Kleider. Sodann gehen die beiden Alten, Don Gonzalo und Don Sebastian. Gleich hinter ihnen erscheint, getragen von vier Jünglingen, auf einem mit Blumen geschmückten Sessel, Donna Claudina. Die herabhangenden Kränke fragen vier andere Jünglinge, deren erster, rechter Hand, Don Pedro ist.

Während des Zugs singt der Chor.

CHOR.

Fröhlicher,

Seliger,

Herrlicher Tag!

Gabst uns Claudinen!

Bist uns so glücklich,

Uns wieder erschienen!

Fröhlicher,

Seliger,

Herrlicher Tag!

EIN KLEINES.

Sieh, es erscheinen

Alle die Kleinen;

Mädchen und Bübchen

Kommen, o Liebchen!

Binden mit Bändern

Und Kränzen dich an!

CHOR.

Nimm sie, die herzlichen

Gaben, sie an!

EINE JUNGFRAU.

Alten und Jungen

Kommen gesungen;

Männer und Greise,

Jeder nach Weise,

Bringet ein jeder

Dir, was er vermag.

CHOR.

> Fröhlicher,
>
> Seliger,
>
> Herrlicher Tag!

PEDRO *reicht ihr einen Strauß.*

> Blumen der Wiese,
>
> Dürfen auch diese
>
> Hoffen und wähnen?
>
> Ach, es sind Tränen
>
> Noch sind die Tränen
>
> Des Taues daran!

CHOR.

> Nimm sie, die herzlichen
>
> Gaben, sie an!

GONZALO *auf die Kleider und Kostbarkeiten zeigend.*

> Tochter, die Gaben
>
> Sollst du heut haben.

> *Zu den andern.*

Teilt ihr die Freude,

Teilet euch heute

Essen und Trinken,

Und was ich vermag!

CHOR.

Fröhlicher,

Seliger,

Herrlicher Tag!

Die Träger lassen den Sessel herunter; Claudine steigt herab.

CLAUDINE.

Tränen und Schweigen

Mögen euch zeigen,

Wie ich so fröhlich,

Fühle so selig

Alles, was alles

Ihr für mich getan!

CHOR.

Nimm sie, die herzlichen

Gaben, sie an!

CLAUDINE *ihren Vater umarmend.*

Könnt ich mein Leben,

Vater, dir geben!

Zu den übrigen.

Könnt ich, ohn Schranken,

Allen euch danken!

Wendet sich schüchtern zu Pedro.

Könnt ich

Sie stockt. Die Musik macht eine Pause.

Sie sucht ihre Verwirrung zu verbergen, setzt sich auf den Sessel, den die Träger aufheben,
und das Chor fällt ein.

CHOR.

Fröhlicher,

Seliger,

Herrlicher Tag!

Gabst uns Claudinen!

Bist uns so glücklich,

Uns wieder erschienen!

Fröhlicher,

Seliger,

Herrlicher Tag.

Der Zug geht singend ab. Gonzalo und Sebastian bleiben.

GONZALO. Bastian, lieber Bastian, verdenke mir's nicht! Sieh das Mädchen an, und du wirst mir nicht verdenken, daß ich einen kleinen Abgott aus ihr mache. So manche Feierlichkeit, bei so manchem Anlaß, scheint mir nicht hinreichend, das Gefühl meines Innersten gegen sie an den Tag zu legen. Wie warm dank ich dem Schicksal, das, da es mir eine männliche Nachkommenschaft versagt hat, da es mit mir den alten herrlichen Stamm von Villa Bella ausgehen läßt, mir diese Tochter gibt. O ihr Wert entzückt mich mehr als die Aussicht über eine grenzenlose Nachkommenschaft!

SEBASTIAN. Nein, ich sage dir, mich ergötzt das kleine Fest recht herzlich. Denn ob ich gleich kein Freund von Umständen bin, so bin ich doch den Zeremonien nicht feind. Ein feierlicher Aufzug von geputzten Leuten, ein Zusammenlauf des Volks; gejauchzt, die Glocken geläutet, gejauchzt und geschossen drein: es geht einem das Herz doch immer dabei auf, und ich verdenk's den Leuten nicht, wenn sie dadurch glauben, die Heiligen zu verehren und Gott selbst zu verherrlichen.

GONZALO. Und ich glaube, für Claudinen niemals genug zu tun. Wie kann ich genug ausdrücken, daß sie Königin ist über alle meine Besitztümer, über meine Untertanen, über mich selbst Muß ich sie nicht den Vorzug fühlen lassen, den sie vor ändern Menschen hat, da sie ihn selbst nicht fühlt, nicht die geringste Ahndung davon zu haben scheint, daß ihresgleichen nicht in der Welt ist? Diese Ruhe des Geistes, dieses innere Gefühl ihrer selbst, diese Teilnehmung an anderer Schicksale, diese Empfindlichkeit gegen alles Schöne und Gute Sage nicht, ich sei Vater, ich bespiegle mich nur selbst in ihr Höre! alle meine Leute, alles, was sie umgibt, sogar die neidischen Nichten müssen ihr huldigen.

SEBASTIAN. Hab ich nicht Augen und ein Herz? Freilich seh ich sie weder als Vater noch als Liebhaber; aber soviel seh ich doch, daß es eine Gabe vom Himmel ist, Vater oder Liebhaber so eines Mädchens zu sein. Hast du bemerkt, daß all der Triumph, all die Herrlichkeit heute sie mehr in Verlegenheit setzte als erfreute? Ich hab mein Tage kein rührenders Bild der Demut gesehn als sie in dem Schmuck. Auch war noch jemand dabei, dem ein einsamer Busch weit mehr Wonne gegeben hätte; dessen Empfindung zu dem Rauschen des Wassers und dem Lispeln der Blätter besser stimmte als zu den Trompeten und Freudengesang.

GONZALO. Du meinst?

SEBASTIAN. Pedro!

GONZALO. Pedro?

SEBASTIAN. Du wirst doch darüber nicht staunen? Pedro, der, seitdem er Claudinen zum erstenmal gesehen hat, kein Pfötchen mehr machen kann; den du schon hundertmal auf einem Seitenblick, einem Händereiben, einem Hutkneten mußt ertappt haben.

GONZALO. Und wenn auch.

SEBASTIAN. Gut! Du mußt denken wie ich, daß diese Partie für deine Tochter Du lächelst?

GONZALO. Daß wir Alten gleich verheiraten!

SEBASTIAN. Ich trag das wachend und träumend herum. Aber alles will reif werden. Unterdessen hast du recht, daß du ein Aug zutust und mit dem ändern neben ausblickst.

GONZALO. Wenn ich sie so ansehe, erinnere ich mich der blühenden Tage meiner Jugend; mir wird ganz wohl.

SEBASTIAN. Ich glaube auch, daß ihnen ganz wohl bei der Sache ist. Wenn Pedro nur unser Hauptgeschäft nicht drüber vergäße!

GONZALO. Hat's ihm noch nicht geglückt, was von seinem Bruder auszufragen?

SEBASTIAN. Ihm? Das ist mir der rechte Spion! Er ist ja so verliebt, daß, wenn du nach der Stunde fragst, er nicht weiß, in welcher Tasche seine Uhr steckt. Bei Gott! wenn ich mich nicht abritte und abarbeitete, wir wären noch auf dem alten Flecke.

GONZALO. Unter uns, Bastian, hast du was heraus?

SEBASTIAN. Es bleibt bei dir. Wenn nicht alle Umstände lügen, so hab ich den Vogel, dem wir so sehnlich nachstreben, hier im Städtchen nahbei, wo er lustig und guter Ding ist. Heut früh sagt ich's Pedro so halb und halb; wir wollen aber das Pest nicht verderben, sagt ich. Ach Claudine! seufzte der Arme aus tief er Brust, als wollt er sagen; den Bruder zum Teufel und dich mir in Arm!

GONZALO. Ich habe das Mädchen bemerkt, ich habe die keimende Leidenschaft in ihrer Seele beobachtet: es ist ein reizendes Schauspiel, das einem wieder ganz jung macht!

SEBASTIAN. Hätten, wir nur erst unser Vorhaben ausgeführt, woran dem ganzen Hause Castelvecchio so viel gelegen, wovon Pedros Schicksal zum Teil mit abhängt! Ich sag ihm so oft: »Herr, seid verliebt; wer wehrt's Euch? Seid bei Claudinen; wer hindert Euch? Nur vergeßt nicht ganz, was Ihr Euch und Eurer Familie und der Welt schuldig seid.« Das hilft !

GONZALO. Wie eine Arznei! Nicht wahr? Sei ruhig, Bastian! Haben wir's unsern Hofmeistern nicht ebenso gemacht?

SEBASTIAN. Nein, Freund, so ist's nicht gemeint. Sollen wir umsonst die weite Reise von Madrid hierher gemacht haben, sollen wir beschämt nach Hause kehren? Und wer wird alsdenn die Schuldtragen müssen als ich? Ich rede ihm zu wie ein. Biedermann. Was! seinen Bruder länger in dem Luderleben verwildern zu lassen, der mit Spielern und Buben im Lande herumschwadroniert, mehr Mädels betrügt, als ein anderer kennt, und öfter Händel anfängt, als ein Trunkenbold sein Wasser abschlägt!

GONZALO. Ein toller, unbegreiflicher Kopf!

SEBASTIAN. Du hättest den Buben sehn sollen, wie er so heranwuchs; er war zum Fressen. Kein Tag verging, daß er uns nicht durch die lebhaftesten Streiche zu lachen machte; und wir alten Narren lachten über das, was künftig unser größter Verdruß werden sollte. Der Vater wurd nicht satt, von seinen Streichen, seinen kindischen Heldentaten erzählen zu hören. Immer hatt er's mit den Hunden zu tun; keine Scheibe der Nachbarn, keine Taube war vor ihm sicher; er kletterte wie eine Katze auf Bäumen und in der Scheuer herum. Einmal stürzt' er herab; er war acht Jahr alt; ich vergesse das nie; er fiel sich ein großes Loch in Kopf, ging ganz gelassen zum Entenpfuhl in Hof, wusch sich's aus und kam mit der Hand vor der Stirn herein und sagte mit so ganz lachendem Gesicht: »Papa! Papa! ich hab ein Loch in Kopf gefallen!« Eben als wollt er uns ein Glück notifizieren, das ihm zugestoßen wäre.

GONZALO. Schade für den schönen Mut, den glücklichen Humor des Jungens!

SEBASTIAN. So ging's freilich fort; je älter er ward, je toller. Statt nun das Zeug zu lassen, statt sich zu fügen, statt seine Kräfte zu Ehren der Familie und seinem Nutz zu verwenden, trieb er einen unsinnigen Streich nach dem ändern; belog und betrog alle Mädchen und ging endlich gar auf und davon; begab sich, wie wir Nachricht haben, unter die schlechteste Gesellschaft, wo ich nicht begreife, wie er's aushält; denn er hatte immer einen Grund von Edelmut und Großheit im Herzen.

GONZALO. Glück zu, Bastian! und gib ihn seiner Familie zurück.

SEBASTIAN. Nicht eben das! Umsonst soll er uns nicht genarrt haben. Krieg ich ihn nur einmal beim Kragen, ich will schon in einem Kloster oder irgendeiner Festung ein Plätzchen für ihn finden, und Pedro soll mir die Rechte des Erstgebornen genießen. Der König hat schon seine Gesinnung hierüber blicken lassen. Wenn's wahr ist, daß mein Mann sich in der Gegend aufhält, so müßt es arg zugehn, wenn ich ihn nicht, zu Ehren des Fests, heute noch packe. Wir können's vor Gott und der Welt nicht verantworten; der alte Vater würde sich im Grab umwenden!

GONZALO. Brav, Bastian! Du bist immer der alte, treue Bastian!

SEBASTIAN. Und eben deswegen unter uns sieh doch ein bißchen nach deiner Tochter!

GONZALO. Wie meinst du?

SEBASTIAN. Der Teufel ist ein Schelm; und Pedro und die Liebe sind auch nicht so da.

GONZALO. Auch immer der alte Bastian! Verzeih mir, du weißt keinen Unterschied zu machen. Das Mädchen, die Sorge meiner Seele, der Zweck all dieser achtzehnjährigen Erziehung, das feinste, delikateste weibliche Geschöpf, das vor dem geringsten Gedanken nicht Gedanken, vor der geringsten Ahndung eines Gefühls erzittert, das ihrer unwürdig wäre.

SEBASTIAN. Eben deswegen!

GONZALO. Ich setze mein Vermögen an sie, meinen Kopf.

SEBASTIAN. Da kommt sie eben die Allee herauf. Sie hat sich von der Menge losgewunden, sie ist allein; und sieh den Gang, sieh das Köpfchen, wie sie's hängt! Komm, komm ihr aus dem Wege; Sünde wär's, durch unsere kalte Gegenwart die angenehmen Träume zu verjagen, in deren Gesellschaft sie daherwandelt! *Beide ab.*

Claudine mit Pedros Strauß.

CLAUDINE.

    Alle Freuden, alle Gaben,

    Die mir heut gehuldigt haben,

    Sind nicht dieser Blumen wert.

Ehr und Lieb von allen Seiten,

Kleider, Schmuck und Kostbarkeiten,

Alles, was mein Herz begehrt!

Aber alle diese Gaben

Sind nicht dieser Blumen wert.

Liebes Herz, ich wollte dich noch einmal so liebhaben, wenn du nur nicht immer so pochtest. Sei ruhig, ich bitte dich, sei ruhig! *Pedro von ferne.* Pedro? Auch der? Ach, da soll ich nun gar verbergen, daß ich empfinde!

Pedro kommt.

PEDRO. Fräulein!

CLAUDINE. Mein Herr! *Schweigen einige Augenblicke.*

PEDRO *auf sie schnell losgehend.* Ich bin der glücklichste Mensch unter der Sonne!

CLAUDINE *zurückweichend.* Wie ist Ihnen?

PEDRO. Wohl! wohl! als wie im Himmel in dieser englischen Gesellschaft! Ach! daß Sie meine armen Blumen so ehren, ihnen einen Platz an Ihrem Herzen gegönnt haben!

CLAUDINE. Weniger könnt ich nicht tun. Sie verwelken bis den Abend, und jedes Geschenk hat mir heut eine Herzensfreude gemacht.

PEDRO. Jedes?

CLAUDINE. Wann reiten Sie weg?

PEDRO. Die Pferde sind gesattelt. Sebastian will mich mit aller Gewalt bei sich haben; er glaubt, mein Bruder sei in der Nähe, und denkt ihn noch heute zu fangen.

CLAUDINE. Der Bruder macht Ihnen viel, Verdruß.

PEDRO. Er macht das Glück meines Lebens. Ohne ihn kennte ich Sie nicht. Ohne ihn

CLAUDINE. Und wenn Sie ihn erwischen, ihn wieder durch Liebe und Beispiel dem rechten Weg zuführen, wenn Sie ihn seiner Familie zurückbringen, Pedro, wie werden Sie empfangen werden, mit welchen Freuden!

PEDRO. Nichts davon, um Gottes willen! Ich kenne mich selbst nicht; ich weiß nicht, wo ich bin; ich sehe kaum, wohin ich trete. Zurück nach Hause! zurück! Von Ihnen weg, mein Fräulein!

CLAUDINE. Der König, der Sie liebt, der so ein trefflicher Herr sein soll; der Hof, der Sie mit aller Herrlichkeit erwartet

PEDRO. Ist das ein Leben? Und doch, sonst war mir's nicht ganz zuwider. Wenn ich meine Tage den Geschäften des Vaterlands gewidmet hatte, könnt ich wohl meine Abende und Nächte in dem Schwärme zubringen, der um die Majestät wie Mücken ums Licht summt. Jetzt würde mir das eine Hölle sein! Ich weiß nicht, wo meine Arbeitsamkeit, meine

Geschäftigkeit hin ist. Es ekelt mir, einen Brief zu schreiben, der ich sonst allein zwei, drei Sekretäre beschäftigen konnte. Ich gehe aus und ein, träumend und wähnend; aber selig, selig ist mein Herz!

CLAUDINE. Ja, Pedro; je näher wir der Natur sind, je näher fühlen wir uns der Gottheit, und unser Herz fließt unaussprechlich in Freuden über.

PEDRO. Ach, diesen Morgen, als ich die Blümchen brach am Bach herauf, der hinter dem Wald herfließt, und die Morgennebel um mich dufteten, und die Spitze des Bergs drüben mir den Aufgang der Sonne verkündigte, und ich ihr entgegenrief: das ist der Tag! das ist ihr Tag! Claudine! Ich bin ein Tor, daß ich auszusprechen wage, was ich empfinde!

CLAUDINE. Ach ja, Pedro, ich wüßte nichts für mein Herz, so volle, warme Fülle, als die Herrlichkeit der Natur um uns her.

PEDRO. O wer dafür keine Seele hätte, zu fühlen, wie um diese himmlische Güte, um diesen heiligen Reiz alles, alles schöner, herrlicher wird; wer nicht in dieser Gegend lieber sein Leben in einer stillen Hütte verbärge, um nur Zeuge sein zu dürfen!

CLAUDINE. So ganz ungleich Ihrem Bruder, den ich doch auch kennen möchte! Es muß ein wunderlicher Mensch sein, der allen Stand, Güter, Freund verläßt und in tollen Streichen, schwärmender Abwechselung seine schönsten Tage verdirbt.

PEDRO. Der Unglückliche! Ich erschröcke über seine Verhärtung. Nicht zu fühlen, daß das unstete, flüchtige Leben ein Fluch ist, der auf dem Verbrecher ruht, verbannt er sich selbst aus der menschlichen Gesellschaft. Es ist unglaublich! Und dann mit Zittern sag ich's wie manche Träne von ihm verführter, verlassener Mädchen hab ich fließen sehn! Oh, das war's, was uns am meisten aufbrachte, seiner Freiheit nachzustellen. Ich hätte mit den armen Geschöpfen vergehen mögen! Wie wird ihm sein, wenn er, von seiner Verblendung dereinst geheilt, mit Zittern sehn muß, daß er das Innerste Heiligtum der Menschheit entweihte, da er Liebe und Treue so schändlich mit Füßen trat?

CLAUDINE. Liebe und Treue! Glauben Sie dran, Pedro?

PEDRO. Sie können scherzen und fragen?

CLAUDINE.

 Treue Herzen!

 Männer scherzen

 Über treue Liebe nur.

PEDRO.

 Drüber scherzen

 Schlechte Herzen

 Nur, verderbte Männer nur.

CLAUDINE.

 Aber sag, wo sind die Rechten,

 Und wie kennt man sie von Schlechten;

 Sieht man's 'en an den Augen an?

PEDRO.

> Zwar verstellen sich die Schlechten,
>
> Blicken, seufzen wie die Rechten;
>
> Doch das geht so lang nicht an.

CLAUDINE.

> Ach, des Betrugs ist viel,
>
> Wir Arme sind ihr Spiel!

PEDRO.

> Wer findt ein treues Blut,
>
> Findt drum ein edel Gut.

CLAUDINE.

> Ach, nur zu viel
>
> Ein Sonntagsspiel!

PEDRO.

> Ein treues Blut
>
> Ein edel Gut!

In dem Schluß des Duetts hört man schon von weitem singen Camillen und Sibyllen, die singend näher kommen.

BEIDE.

> Vom hohen, hohen Sternenrund
>
> Bis nunter in tiefen Erdengrund
>
> Muß nichts so Schön', so Liebes sein
>
> Als nur mein Schätzel allein!

Sie treten herein.

CAMILLE.

> Er ist der Sträckst im ganzen Land,
>
> Ist kühn und sittsam und gewandt,
>
> Und bitten kann er, betteln, fein;
>
> Es sag einmal eins: Nein!

SIBYLLE.

> Guten Abend! Wie treffen wir einander hier?
>
> Allons, Chorus!

ALLE VIER.

> Vom hohen, hohen Sternenrund
>
> Bis nunter in tiefen Erdengrund
>
> Muß nichts so Schön', so Liebes sein
>
> Als nur mein Schätzel allein!

SIBYLLE.

Und das, was über alles geht,

Ihn über Kön'g und Herrn erhöht:

Er ist und bleibet mein,

Er ist mein Schätzel allein.

Chorus!

ALLE VIER.

Vorn hohen, hohen Sternenrund

Bis nunter in tiefen Erdengrund

Muß nichts so Schön', so Liebes sein

Als nur mein Schätzel allein.

CLAUDINE. Habt ihr meinen Vater nicht gesehn? Ach, ich muß zu ihm; seit unserer Feierlichkeit hab ich ihn nicht allein gesprochen. Auch euch dank ich, lieben Kinder, daß ihr den Tag habt wollen verherrlichen helfen, an dem das Geschöpf zur Welt kam, das ihr kennt mich ja? Leben Sie wohl, Pedro!

PEDRO. Darf ich Sie begleiten?

CLAUDINE. Bleiben Sie, ich bitte, bleiben Sie!

PEDRO. Wir gehen zusammen. Sebastian wartet auf mich; die Pferde sind gesattelt.

SIBYLLE. Gehen Sie nur! Er hat lang nach Ihnen gefragt. *Gehen ab.*

SIBYLLE. Ich möchte bersten vor Bosheit! »Bleiben Sie! Bleiben Sie!« Ich glaub, sie tat's, uns zu spotten. Sie ist übermütig, daß ihr der Mensch nachläuft wie ein Hündchen. »Bleiben Sie! Bleiben Sie!« Ich komm schier aus der Fassung. Und er! macht er nicht ein Hängmaul wie ein Schulknabe? Der Affe!

CAMILLE. Sie meint, weil sie ein rund Köpfchen hat, ein Stumpfnäschen, und über ein Gräschen und Gänsblümchen gleich weinen kann, so war was mit ihr.

SIBYLLE. Und weil man uns auch heute an den Triumphwagen gespannt hat. Ich war so im Grimm

CAMILLE. Unsereins ist auch keine Katz, und den Pedro möcht ich nit einmal. Es ist ein langweiliger, träumiger Mensch. Übel ist er nicht gemacht.

SIBYLLE. Und war auch artig, eh ihn die Närrin verwirrt hat. Denn meintwegen eigentlich hat er hier ins Haus Bekanntschaft gesucht und dem Don Sebastian in den Ohren gelegen, ihn hereinzubringen. Seit ich ihn drüben beim Gouverneur auf Salanka kennenlernte, da war er galant, freundlich, artig. Ich weiß wohl noch, wie mich Sebastian vexierte. Jetzt ist er unerträglich.

CAMILLE. Unausstehlich! Ja, aber ich hab einen Fang getan, wenn du mich nicht verraten willst.

SIBYLLE. Ich dächte, du weißt, daß du dich auf mich verlassen kannst; und wahrhaftig, ich weiß auch, du hilfst mir Rache an Pedro nehmen und an seiner zärtlichen Dulzinee.

CAMILLE. Hör nur, in der Nachbarschaft hält sich ein Kavalier auf. Siehst du, ich sage nichts; aber es ist der Ausbund vom ganzen Geschlecht. Reich muß er sein und vornehm; das sieht man ihm an. Und ein Bürschchen wie ein Hirschchen!

SIBYLLE. Wie heißt er? Wo ist er?

CAMILLE. Er verbirgt seinen Stand und Namen. Sie heißen ihn Don Crugantino. Heiß er, wie er will, es gibt nicht seinesgleichen.

SIBYLLE. Den hast du gewiß ehegestern aufm Jahrmark gekapert?

CAMILLE. St!

SIBYLLE. Noch eins, Camille! Du weißt, wenn Don Pedro des Abends fort muß, wie sie da einander mit langen Atemzügen und Blicken eine gute Nacht geben, als sollten sie auf ewig getrennt werden, und wie's bei Tisch so still hergeht, und wie bald abgössen ist, und wie mein Claudinchen, sobald der Vater im Lehnsessel zu nicken anfängt, weg und in Garten schleicht und dem Mond was vorsingt. Camille, ich wollt schwören, es ist nicht der Mond! Wenn nicht hinter der Sach was stickt.

CAMILLE. Meinst du?

SIBYLLE. Närrchen! dahinten die Terrasse mit dem eisernen Gatter kennst du. Das müßt ein schlechter Liebhaber sein, der nicht da herüber wollte wie ein Steinwurf, um seiner Scharmanten die Tränen abzutrocknen, die ihr der keusche Mond abgelockt hat.

CAMILLE. Wahrhaftig! und sie kann nicht leiden, daß eins mitgeht.

SIBYLLE. Und ich stell mich auch immer so schläfrig, um sie sicher zu machen. Nun aber muß es heraus. Pedro reit' schon jetzt weg; dahinter stickt was. Das Nachtessen ist so früh bestellt! Ganz gewiß!

CAMILLE. Wann wir sie beschlichen?

SIBYLLE. Das ist nichts. Sah auch unfreundlich aus. Nein, dem Alten wollen wir's erzählen, der wird rasend; wie er auf seine Tochter und Ehre hält. Der soll sich hintenhin schleichen.

CAMILLE. Fangen wir's nur klug an, daß es nicht aussieht

SIBYLLE. Ist das das erstemal, daß wir Leute aneinanderhetzen? Komm, eh es zu Tisch geht, komm!

Beide ab.

Eine Stube einer schlechten Dorfherberge.

Drei Vagabunden stehen um einen Tisch und würfeln. Crugantino, den Degen an der Seite,

eine Zither mit einem blauen Band in der Hand. Er stimmt, auf und ab gehend, und singt.

Mit Mädeln sich vertragen,

Mit Männern rumgeschlagen,

Und mehr Kredit als Geld;

So kommt man durch die Welt.

Ein Lied, am Abend warm gesungen,

Hat mir schon manches Herz errungen;

Und steht der Neider an der Wand,

Hervor, den Degen in der Hand;

Raus, feurig, frisch,

Den Flederwisch!

Kling! Kling! Klang! Klang!

Dik! Dik! Dak! Dak!

Krik! Krak!

Mit Mädeln sich vertragen,

Mit Männern rumgeschlagen,

Und mehr Kredit als Geld;

So kommt man durch die Welt.

ERSTER VAGABUND. Komm doch, Crugantino; halt eins!

CRUGANTINO. Mir ist heut gar nicht drum zu tun.

ZWEITER VAGABUND. Er ist heut wieder nicht zu brauchen.

CRUGANTINO. Servitor! Wenn ich mich wollte brauchen lassen, ging' in honette Gesellschaft und gab mich mit Lumpen nicht ab, wie ihr seid.

ERSTER VAGABUND. Laßt ihn! Er ist guten Humors.

DRITTER VAGABUND. Ich wette, er harrt auf die Stunde zum Rendezvous. Wohin geht's heut? zur Almeria hinüber?

CRUGANTINO. Wie du meinst.

ZWEITER VAGABUND. Nein, der Roman ist gewiß zu Ende. Er dauert schon drei Wochen.

ERSTER VAGABUND. Wett, ich rat's! Zur Camilla, die aufm letzten Jahrmark ihm mit ihren schwarzen Augen stracks durch die Leber geschossen hat.

CRUGANTINO. Ich dächte, du gingst mit und sähst zu; wärst du doch deiner Sache gewiß.

ERSTER VAGABUND. Viel Ehr. Wenn sie nur so eine lange Nas nicht hätt. Sonst ist sie nicht übel, außer fürcht ich

CRUGANTINO. Ich glaub, du fängst an, delikat zu werden.

ZWEITER VAGABUND. Mag nicht mehr spielen.

DRITTER VAGABUND. Ich auch nit.

ZWEITER VAGABUND. Unter ein paaren ist's nicht der Mühe wert. Man gewinnt einander das Geld ab, das ist fatal.

CRUGANTINO. Besonders, wo keins ist.

ZWEITER VAGABUND. Bliebst du bei uns, hättst du auch was zu lachen.

CRUGANTINO. Was treibt ihr denn?

ZWEITER VAGABUND. Der Pfarrer hat heut ein Hirschkalb geschenkt kriegt; das hängt bunten in der Küchenkammer. Das wird ihm weggeputzt.

DRITTER VAGABUND. Und die Hörner ihm auf den Perückenstock genagelt. Sein Perückenstock mit der Festperücke steht in der Ecke; verlaßt euch auf mich! Ich hätte sie neulich bald übern Haufen geworfen, als mich die Köchin in dem Kämmerchen konsultierte.

ZWEITER VAGABUND. Du steigst hinein, reichst mir den Bock heraus. Wir lösen die Hörner ab und geben sie dir.

DRITTER VAGABUND. Für das übrige laßt mich sorgen! Auf der Perücke muß das herrlich stehn, und ein Zettelchen dran: der neue Moses!

ALLE. Bravo, bravo!

ERSTER VAGABUND. Hat keiner den Basko gesehn?

CRUGANTINO. Wollt ihr einen Augenblick warten? Er wird gleich zur Hand sein.

ZWEITER VAGABUND. Ich glaub's nicht; er ist bös auf mich, ich hab ihn gestern ein bißchen übergezogen.

CRUGANTINO. Bös über dich? Bild dir's nit ein! Basko ist kein Kerl, das nachzutragen. Er hätt dir ins Gesicht geschmissen und ein Schrämmchen über die Nase gehauen, und da wär's gut gewest.

Man hört eine Nachtigall draußen.

ERSTER VAGABUND. Da ist er! Hört ihr ihn? Da ist er!

BASKO. Guten Abend!

CRUGANTINO. Du kommst eben recht. Sylvio meint, du wärst bös über ihn.

BASKO. Was der Mensch sich vor Streiche einbildt! Crugantino, ein Wort

ERSTER VAGABUND. Scheniert euch nicht. Wir machen euch Platz.

BASKO. Lernst du noch Lebensart, alter Bock! Gelt, du spürst in allen Gliedern, daß dich ehstens der Teufel holen wird, und da wirst du kirre?

DIE VAGABUNDEN. Viel Glück auf die Expedition! Wir wollen eine Bouteille drauf ausleeren.

Mit vielem hält man Haus,

Mit wenig kommt man auch aus;

Heisa! Heisa! so geht's doch hinaus.

Ab.

CRUGANTINO. Die ich doch am Ende wieder bezahlen muß O Basko, das Leben wird mir unter den Kerls unerträglich! Eine Langeweile, ein ewig Einerlei. Wenn unsere Streiche nicht wären! Was bringst du, Basko? Was bringst du von Villa Bella?

BASKO. Viel, gar viel.

CRUGANTINO. Hab ich Hoffnung, mich Claudinen zu nähern? Ein Engel, ganzer Engel!

BASKO. Camillchen, das liebe Camillchen hat mir Winke gegeben, hat mir zugeflüstert: »Dem edlen Crugantino meinen Gruß!«

CRUGANTINO. Laß sie zum Teufel gehen! Red mir von Claudinen.

BASKO. Herr! Wir, oder unser Genius, oder allzusammen sind ausgemachte Esel.

CRUGANTINO. Was gibt's?

BASKO. Ich, der ich sonst herumschwärme den ganzen Tag und plane wie ein Raubvogel, muß heut den ganzen Nachmittag hier auf der Bärenhaut liegen.

CRUGANTINO. Nun?

BASKO. Und drüben, ich hätte mir die Augen ausschlagen mögen, drüben in Villa Bella Ich hab in Gonzalos Hofe bei Claudinen gestanden, von hier an den Tisch, und wer's eh gewußt hätte

CRUGANTINO. Schwerenot! Wie ging das?

BASKO. Heut ist Claudinens Geburtstag. Ihr Vater, der sie wie ein Narr liebt, hat ein Fest angestellt. Sie haben einen Umgang gehalten, sie im Triumph getragen

CRUGANTINO. Das hast du gesehn?

BASKO. Ich kam zu spät. Aber im Hof unter den großen Linden waren fürs ganze Dorf Tische gedeckt. Alt und Junge, alles geputzt! Und heisa oben aus! Fässer mit Bier, ungeheure Töpfe mit Brei und ein Gesumm und Gedräng! Da kam ich eben auch hinein.

CRUGANTINO. Und holtest mich nicht?

BASKO. Kaum hatt ich mich umgesehn, verloren sich die Herrschaften.

CRUGANTINO. Hast sie gesehn?

BASKO. Narr, ich möcht dir sagen können, wie schön sie war. In einer gewissen Verlegenheit.

CRUGANTINO. Was ist nun das alles?

BASKO. Geduld! Geduld! Eins hab ich erfahren. Sie pflegt alle Nacht, besonders bei so schönem Mondenscheine, allein im Garten zu spazieren. Du kennst die Kastanienbäume, die davorstehen auf dem Wege nach Salanka?

CRUGANTINO. Lehr mich das! Die Terrasse geht da heraus und die eiserne Türe. Oh, ich will hin, gleich hin, und dort sein, eh der Mond noch aufgeht. Komm, Basko!

BASKO. Noch eins! Nimm dich doch in acht. Serpillo, der Häscher, der mein Herzensfreund ist, hat mir vertraut: man frage nach dir, erkundige sich nach dir.

CRUGANTINO. Possen! Ich wüßte jetzt nichts.

BASKO. Wenn's nur nicht über etwas geht, das du schon vor abgetan hältst!

CRUGANTINO. Das war dumm.

BASKO. Unsere Landsleute tragen gar lange nach.

CRUGANTINO. Ist mir nit bang. Und nach Villa Bella muß ich. Komm, wir wollen unsern Operationsplan so einrichten: ich' steck mich in die Allee; hör ich sie, bin ich gleich am Garten, überm Gitter, im Garten. Und du, klettre auf einen Kastanienbaum. Wenn jemand kommt, so mach deine Nachtigall.

BASKO. Gut, gut! Zwar ziemlich außer der Zeit

CRUGANTINO. Und vergiß die Maske nicht. Und wie ich dir sage, schlag und zwitsere und kümmere dich um nichts, bis ich dich rufe. Ich zieh mich schon heraus. Zwei verderben immer so einen Handel. Komm! Ich halt dich doch von nichts ab die Nacht, Basko?

BASKO. Ich bring's gegen Tag wieder ein.

CRUGANTINO. Du hast doch auch was aufm Korn.

BASKO *abgehend.* Ah!

> Eine Blond und eine Braune
>
> Schlagen sich jetzt um mein Herz;
>
> Eine mit immer schlimmen Laune,
>
> Eine mit immer Lust und Scherz.

Mondschein.

Die Terrasse des Gartens von Villa Bella, mit einer Gartentüre, wohin auf eine doppelte Treppe führt.

Eine Reihe hoher Kastanienbäume vor der Terrasse.

Claudine oben, Crugantino unter den Bäumen.

CLAUDINE.

> Hier, im stillen Mondenscheine
>
> Mit dir, heil'ge Nacht! alleine,
>
> Schlägt dies Herz so liebevoll;
>
> Ach, daß ich's nicht sagen soll!

CRUGANTINO.

> In dem stillen Mondenscheine
>
> Wandelst, Engel, nicht alleine;
>
> Seufzet noch ein armes Herz,
>
> Birgt im Schatten seinen Schmerz.

CLAUDINE *sich der Türe nähernd.*

> Welche Stimmet Ich vergehe.

CRUGANTINO *nimmt die Maske vor und steigt die Treppe leise hinauf.*

> Auf, ich wag mich in die Nähe.

CLAUDINE *an der Gartentüre.*

> Wer! Wer! Wer ist da?

CRUGANTINO *hinaufsteigend.*

Ich! Ich! Ich! bin da.

CLAUDINE *droben.*

Wer?

CRUGANTINO.

Ich!

CLAUDINE.

Fremdling, wie heißt du?

CRUGANTINO.

Liebchen, das weißt du.

CLAUDINE.

Zeige mir dein Gesicht!

CRUGANTINO.

Sagt dir's dein Herze nicht?

CLAUDINE.

Weg von dem Orte!

CRUGANTINO.

Öffne die Pforte.

BEIDE.

Himmel, Himmel, welche Qual!

Einen Kuß doch nur einmal!

Claudine entfernt sich.

CRUGANTINO. Das Gitter will nichts bedeuten. Sie hat mich so lange angehört. O wenn ich sie hasche! *Er fängt an aufzusteigen; wie er bald droben ist, schlägt die Nachtigall.* Nachtigall und der Teufel! *Er springt herab.* Ich höre wahrlich jemand! Gingst du feurig! *Die Terrasse herunter und hinter die Bäume. Die Nachtigall schlägt zuweilen.*

PEDRO. Mein Herz zieht mich unwiderstehlich hierher. Da droben wandelt sie oft in stillem Gefühl ihrer selbst. Himmlischer Ort! Alles schwebt um dich voll Liebegefühl! Die Nachtigallen singen noch, als war hier ein ewiger Frühling. Oh, ringsumher in allen Gebüschen hat sie der Sommer schon schweigen gemacht. Liebe Nachtigall! Freundin meines Herzens!

Noch so spät, ihr Nachtigallen!

Laßt ihr Liebesklagen schallen,

Zärtlich noch wie meine Brust?

Auch ich bin in Liebestagen,

Seufze, klage; doch mein Klagen

Ist die wärmste Herzenslust!

CRUGANTINO *der die Zeit über seine Ungeduld bezeigt hat, vor sich.* Ich muß ihn wegschaffen; er endigt nicht.

PEDRO. Horch! Wer da?

Crugantino langsam hervortretend.

PEDRO *mit starker Stimme.* Wer da?

CRUGANTINO *zieht.* Eine Degenspitze!

PEDRO *zieht.* Nichts weiter?

Sie fechten. Pedro wird in rechten Arm verwundet, den er sinken läßt und mit der Linken den Degen faßt.

CRUGANTINO. Laßt! Ihr seid verwundet.

PEDRO *den Degen vorhaltend.* Wollt Ihr mein Leben? Wollt Ihr meinen Beutel? Redt! Den Beutel könnt Ihr haben; mein Leben sollt Ihr noch teuer bezahlen.

CRUGANTINO. Keins von beiden. *Vor sich.* Seine Stimme rührt mich. *Laut.* Ich bin weder Räuber noch Mörder.

PEDRO. Was fallt Ihr mich an?

CRUGANTINO. Laßt! Ihr verblutet! Nehmt unsere Bemühungen an. *Er nimmt sein Schnupftuch.* Nachtigall! Nachtigall!

PEDRO. Was ist das?

CRUGANTINO. Fürchtet nichts!

BASKO. Was gibt's?

CRUGANTINO. Trag Sorge für diesen Verwundeten.

PEDRO. Die Augen vergehn mir.

BASKO *sich um ihn beschäftigend.* Das blutet verteufelt für eine Armritze!

CRUGANTINO *auf und ab gehend.* Esel! tausendfacher Esel!

Sich an die Stirn schlagend.

BASKO. Seid Ihr nicht Pedro?

PEDRO. Bring mich wohin, daß ich ruhe und verbunden werde.

CRUGANTINO. Pedro! Claudinens Pedro! Bring ihn hinüber nach Sarossa! in unser Wirtshaus, Basko! leg ihn auf mein Bett, Basko!

BASKO. Nun, nun! Ermannt Euch, Herr! Kommt! *Ab.*

CRUGANTINO. Nun, und was soll's? Der Teufel hol die Pratzen! Armer Pedro! Aber ich weiß, Degen! du sollst mir stecken bleiben! Ich will dich zu Haus lassen, ich will dich ins Wasser werfen! Mußt er denn auch just: »Wer da!« rufen, und »Wer da!« mit einem so gebietenden Ton? Ich kann den gebietenden Ton nicht leiden Und darüber alles zugrunde, die schönste, herrlichste Gelegenheit! Wärst du nur vorhin übers Gitter und hättst den Amoroso mit der Nachtigall duettieren lassen. Daß einen die Resolution just da verläßt, wo man sie am meisten braucht! Vielleicht *Nach der Treppe zugehend.* Ein dummes Vielleicht! Sie ist lang nach dem Haus zurück und liegt im Bett bis über die Ohren. Horch!

Gonzalo oben mit zwei Bedienten.

GONZALO. Wo sie sein mag! Bleib einer bei mir. Und ihr, durchsucht den Garten, ihr! Gebt acht, am End ist's Lug und Trug von Schandmäulern.

CRUGANTINO *horchend.* Wieder was Neues.

GONZALO. Verbirgt sich nicht einer da drunten unter die Kastanienbäume?

BEDIENTE. Mich dünkt's.

GONZALO. Haben wir den Vogel? Wart, Pedro, wart! *Er schließt das Gitter auf und kommt auf die Treppe.* Wer ist da unten? Wer, holla, wer?

CRUGANTINO *die Maske vornehmend.* Aus dem Regen in die Träufe!

GONZALO. Wer da?

CRUGANTINO. Gut Freund!

GONZALO. Hol der Teufel den guten Freund, der einem des Nachts ums Haus herumschleicht, den Leuten zu Nachreden Gelegenheit gibt und alle Lieb und Freundschaft so belohnt.

CRUGANTINO *die Hand an den Degen, und gleich wieder davon.* Ich bitte dich, bleib stecken! Was mag das bedeuten? Das ist der Vater.

GONZALO. Nein, Herr, das ist schlecht, sag ich Euch; sehr schlecht!

CRUGANTINO. Das ist zuviel. *Die Maske wegwerfend.* Seid Ihr Herr von Villa Bella oder nicht; Euer Betragen ist unanständig.

GONZALO. Ihr seid nicht Pedro?

CRUGANTINO. Sei ich, wer ich will. Ihr habt mich beleidigt, und ich verlange Genugtuung.

GONZALO *zieht.* Gerne! So verdrießlich mir der Streich ist.

CRUGANTINO *zieht halb, stößt aber gleich wieder in die Scheide.* Genug, mein Herr, genug! Ich kann zufrieden sein, daß ein Mann von Ihrem Alter, Ihrer bekannten Tapferkeit, Stand und Würde, die Spitze seines Degens gegen mich gekehrt hat. Dadurch würden größere Beleidigungen vergütet werden.

GONZALO. Ihr beschämt mich.

CRUGANTINO. Wie's scheint, haben Sie mich für den Unrechten angesehen.

GONZALO. Und Ihnen unrecht getan; und vielleicht dem ändern, durch Argwohn, auch unrecht getan.

CRUGANTINO. Ihr nanntet ihn Pedro. Ist das der junge angenehme Fremde?

GONZALO. Der aus Kastilien angekommen ist.

CRUGANTINO. Richtig! Sie glaubten, der wäre hier herum?

GONZALO. Ich glaubte Genug, mein Herr! Sie haben niemanden gesehen?

CRUGANTINO. Niemanden. Ich ging hier auf und ab, wie ich denn die Einsamkeit liebe, und hing meinen stillen Betrachtungen nach, als Sie mich zu unterbrechen beliebten.

GONZALO. Nichts mehr davon. Ich danke dem Zufall und meiner Hitze, daß sie mir die Bekanntschaft eines so wackern Mannes verschafft haben. Sie halten sich auf, wenn man fragen darf?

CRUGANTINO. Nicht weit von hier, in Sarossa.

GONZALO. Es ist nicht zu spät, noch hereinzutreten und auf weitere Bekanntschaft ein Gläschen zu stoßen?

CRUGANTINO. Wenn's Mitternacht wäre, und Sie erlaubten. So ein Trunk war eine Pilgrimschaft wert.

GONZALO. Allzu höflich! Allenfalls steht auch ein Pferd zum Rückweg zu Diensten.

CRUGANTINO. Sie überhäufen mich.

GONZALO. Treten Sie herein.

CRUGANTINO. Ich folge.

Die Treppe hinauf, da Gonzalo das Gitter schließt, und ab.

Zimmer im Schlosse.

Sibylla. Camilla.

SIBYLLE. Was es nur gegeben hat?

CAMILLE. Ich begreifs nicht.

SIBYLLE. Claudine war eben schon zurück, als der Alte durch die Seitentüre mit den Bedienten hinausschlich.

CAMILLE. Jetzt wird's über uns hergehn.

SIBYLLE. Wir haben's ja nicht gesagt.

Claudine tritt herein.

CLAUDINE. Wo ist mein Vater?

SIBYLLE. Guten Abend, Nichtchen! Ihr wart heut bald wieder zurück; die Nacht ist dazu so schön.

CLAUDINE. Mir ist nicht wohl; mich schläfert. Wo ist mein Vater? Ich möcht ihm gute Nacht sagen.

CAMILLE. Ich höre ihn draußen.

GONZALO. Noch einen Gast, meine Kinder, so spät.

CRUGANTINO. Ich wünsche, daß mein unerwartetes Glück Ihnen nicht beschwerlich sein möchte.

CAMILLE *heimlich zu Sibyllen.* Das ist Crugantino, Schatz; er ist's selbst!

SIBYLLE. Ein feiner Kerl!

GONZALO. Das ist meine Tochter. *Crugantino bückt sich ehrfurchtsvoll.* Das meine Nichten. Liebe Nichten, ein Glas Wein, einen Bissen Brot! Ich muß einen Bissen Brot haben, sonst schmeckt mir der Wein nicht. *Sibylle und Camille ab. Letztere gibt Crugantino verstohlene Blicke, die er erwidert.* Claudinchen, du warst bald aus dem Garten?

CLAUDINE. Die Nacht ist kühl; mir ist nicht ganz wohl. Darf ich mich beurlauben?

GONZALO. Noch ein bißchen; wach noch ein bißchen! Ich sagt's gleich, die Leute sind Lügenmäuler, Schandzungen.

CLAUDINE. Was meint Ihr, mein Vater?

GONZALO. Nichts, mein Kind! Als daß du mein liebes einziges Kind bist und bleibst.

Crugantino bat bisher wie unbeweglich gestanden, Claudinen bald mit vollen Seelenblicken angesehn, bald die Augen niedergeschlagen, sobald sie ihn ansah. Claudinens Verwirrung nimmt zu.

Ihr habt eine Zither?

CRUGANTINO. Die Gespielin meiner Einsamkeit und meiner Empfindung.

CLAUDINE *vor sich.* Seine Stimme, seine Zither! Sollt er es gewesen sein? Pedro war es nicht, mein Herz sagte mir' s; er war's nicht!

GONZALO. Das ist Claudinens Lieblingston.

CRUGANTINO. Dürft ich hoffen? *Er greift drauf.*

CLAUDINE. Ein schöner Ton!

CRUGANTINO *heimlich.* Sollten Sie diesen Ton und dieses Herz verkennen?

CLAUDINE. Mein Herr!

Sibylle und Camille. Bediente mit Wein und Gläsern, indes Gonzalo sich beschäftigt am Tisch.

CRUGANTINO *heimlich.* Sollten Sie verkennen, daß eben der glückliche Sterbliche neben Ihnen, Götter! neben Ihnen steht, der vor wenigen Augenblicken

CLAUDINE. Ich bitte Sie!

CRUGANTINO. Nichts in der Welt als Ihre Liebe oder den Tod!

Sibylle und Camille spüren.

GONZALO. Ein Glas! Wovon spracht ihr?

CRUGANTINO. Von Gesängen. Das Fräulein hat besondere Kenntnisse der Poesie.

GONZALO. Nun gebt uns einmal was zur Zither! Ein Bursche, der eine Zither und Stimme hat, schlägt sich überall durch.

CRUGANTINO. Wenn ich imstande bin.

GONZALO. Ohne Umstände.

CRUGANTINO *meist zu Claudinen gekehrt.*

> Liebliches Kind!

> Kannst du mir sagen,

> Sagen, warum

Zärtliche Seelen

Einsam und stumm

Immer sich quälen?

Selbst sich betrügen

Und ihr Vergnügen

Immer nur ahnden

Da, wo sie nicht sind?

Kannst du mir's sagen,

Liebliches Kind?

GONZALO *scherzend zu Claudinen.* Kannst du mir's sagen! das ist was auf deinen Zustand, Claudinchen. Ja, ein Lied war immer ihre Sache. Und sie fühlt darin wie ich; je freier, je wahrer, je treuer so ein Stückchen vom Herzen geht, desto werter ist mir's. Setzt Euch, mein Herr! setzt Euch Noch eins! Ich sage immer: Zu meiner Zeit war's noch anders; da ging's dem Bauern wohl, und da hatt er immer ein Liedchen, das von der Leber wegging und einem 's Herz ergötzte; und der Herr schämte sich nicht und sang's auch, wenn's ihm gefiel. Das natürlichste, das beste!

CRUGANTINO. Vortrefflich!

GONZALO. Und wo ist die Natur als bei meinem Bauer? Der ißt, trinkt, arbeitet, schläft und liebt so simpel weg; und kümmert sich den Henker drum, in was für Firlfanzereien man all das in den Städten und am Hof vermaskeriert hat.

CRUGANTINO. Fahren Sie fort! Ich werde nicht satt, einen Mann von Ihrem Stande so reden zu hören.

GONZALO. Und die Lieder? Da waren die alten Lieder, die Liebeslieder, die Mordgeschichten, die Gespenstergeschichten, jedes nach seiner eigenen Weise, und immer so herzlich, besonders die Gespensterlieder. Da erinnere ich mich einiger; aber heutzutage lacht man einen mit aus.

CRUGANTINO. Nicht so sehr, als Sie denken. Der allerneuste Ton ist's wieder, solche Lieder zu singen und zu machen.

GONZALO. Unmöglich!

CRUGANTINO. Alle Balladen, Romanzen, Bänkelgesänge werden jetzt eifrig aufgesucht, aus allen Sprachen übersetzt. Unsere schönen Geister beeifern sich darin um die Wette.

GONZALO. Das ist doch einmal ein gescheuter Einfall von ihnen; etwas Unglaubliches, daß sie wieder zur Natur kehren; denn sonst pflegen sie immer das Gekämmte zu frisieren, das Frisierte zu kräuseln und das Gekräuselte am Ende zu verwirren, und bilden sich Wunderstreiche drauf ein.

CRUGANTINO. Gerade das Gegenteil.

GONZALO. Was man erlebt! Ihr müßt doch manch schön Lied auswendig wissen?

CRUGANTINO. Unzählig.

GONZALO. Nur noch eins, ich bitt Euch. Ich bin sehr gestimmt; wir alle sind gestimmt, denk ich; es ist uns wohlgegangen, und unsere Geister sind in Bewegung.

CRUGANTINO. Gleich. *Er stimmt.*

GONZALO. Setzt euch, Kinder!

Sie ordnen sich um den Tisch. Crugantino nebenan, Claudine hinten, Gonzalo dem Crugantino gegenüber; zwischen Claudinen und Crugantino schiebt sich Camille ein; Sibylle hält hinter Gonzalo.

CRUGANTINO. Ein Licht aus! Und das andere weit weg!

GONZALO. Recht! Recht! wird so vertraulicher und schauriger.

CRUGANTINO.

> Es war ein Buhle frech genung,
>
> War erst aus Frankreich kommen,
>
> Der hat ein armes Maidel jung
>
> Gar oft in Arm genommen,
>
> Und liebgekost und liebgeherzt,
>
> Als Bräutigam herumgescherzt,
>
> Und endlich sie verlassen.
>
> Das arme Maidel das erfuhr,
>
> Vergingen ihr die Sinnen.

Sie lacht' und weint', und bet' und schwur:

So fuhr die Seel von hinnen.

Die Stund, da sie verschieden war,

Wird bang dem Buben, graust sein Haar;

Es treibt ihn fort zu Pferde.

GONZALO. Wer kommt? O Teufel! wer kommt? Einen zu stören in der schaurigen schönen Empfindung! Lieber eine Ohrfeige. Sebastian?

Sebastian. Ein Bedienter mit Lichtern.

SEBASTIAN. Guten Abend!

GONZALO. Woher?

SEBASTIAN. Nur einen guten Abend. Ich suche Don Pedro überall, und kann ihn nicht finden.

CRUGANTINO *vor sich.* Ich glaub's wohl.

CLAUDINE. Ist's lang, daß er von Euch schied?

SEBASTIAN. Freilich. Überhaupt geht mir's heut nacht so schurkisch.

GONZALO. Nichts geraten? Trink eins auf den Ärger. Wir haben auch hier einen neuen Gast, so spät noch.

SEBASTIAN *ihn befrachtend und das Glas nehmend, vor sich.* Das ist ein Kerl, wie der, den ich suche! Schwank, feurige Augen, und die Zither

GONZALO. Wo bleibst du heute? Bleib hier!

SEBASTIAN. Nein, ich muß Pedro finden, und sollt ich suchen bis an den Tag. Wo kommen der Herr her?

GONZALO. Von Sarossa.

SEBASTIAN *freundlich.* Den Namen?

CRUGANTINO. Crugantino nennt man mich. *Vor sich.* Alter Esel!

SEBASTIAN *gleichgültig ins Glas redend.* So? *Sich herumwendend, ergötzt vor sich.* Hab ich dich, Vogel? Hab ich dich? Nun, Pedro, sei, wo du willst, den muß ich erst in Sicherheit bringen. *Laut.* Adieu!

GONZALO. Noch eins!

SEBASTIAN. Danke. Diener, meine Herrn und Damen.

GONZALO. Sibylle, geleit ihn.

SEBASTIAN. Laßt das Zeug. *Ab.*

CRUGANTINO. Ein alter Freund vom Hause?

GONZALO. Der uns wieder einmal nach langer Abwesenheit besucht. Ein bißchen geradezu, aber brav. Nun weiter unser Liedchen, weiter. Mich dünkt, ich seh ihn, wie ihn der böse Geist vom Herrn ängstiget, den Meineidigen, wie er zu Pferde in die Welt hinein haust und wütet.

CRUGANTINO.

    Wohl, wohl!

    Die Stund, da sie verschieden war,

    Wird bang dem Buben, graust sein Haar;

    Es treibt ihn fort zu Pferde.

    Er gab die Sporen kreuz und quer

    Und ritt auf alle Seiten,

    Herüber, nüber, hin und her,

    Kann keine Ruh erreiten;

    Reit' sieben Tag und sieben Nacht:

    Es blitzt und donnert, stürmt und kracht,

    Die Fluten reißen über.

Und reit' im Blitz und Wetterschein

Gemäuerwerk entgegen;

Bindt 's Pferd hauß an und kriecht hinein,

Und duckt sich vor dem Regen;

Und wie er tappt und wie er fühlt,

Sich unter ihm die Erd erwühlt:

Er Stürzt wohl hundert Klafter.

Und als er sich ermannt vom Schlag,

Sieht er drei Lichtlein schleichen.

Er rafft sich auf und krapelt nach;

Die Lichtlein ferne weichen;

Irrführen ihn die Quer und Läng,

Treppauf, treppab, durch enge Gang,

Verfallne wüste Keller.

Ein Bedienter kommt unter die Türe. Sibylle sieht sich um, er winkt ihr, sie geht, um nicht zu stören, auf den Zehen zu ihm. Gonzalo, der's doch merkt, wird ungeduldig, und stampt. Crugantino fährt fort.

Auf einmal steht er hoch im Saal,

Sieht sitzen hundert Gäste,

Hohlaugig grinsen allzumal

Und winken ihm zum Feste,

Er sieht sein Schätzel untenan,

Mit weißen Tüchern angetan,

Die wendt sich

CLAUDINE *mit einem Schrei.* Pedro!

Sie fällt ohnmächtig zurück, alle springen auf.

GONZALO. Hülfe! Was gibt's! Hülfe! *Man labt sie mit Wein.* Was ist's, was ist's?

SIBYLLE. Pedro ist verwundet! gefährlich verwundet.

GONZALO. Pedro! Helft ihr! Mein Kind! Mein Engel! Pedro! Wer sagt es?

SIBYLLE. Sebastians Diener kam hereingesprengt, er suchte seinen Herrn hie.

GONZALO. Wo ist Bastian? Sie rührt sich nicht!

SIBYLLE. Weiß ich's?

GONZALO. Wein! Sibylle, Wein! Camille, Wein! Meine Tochter! Meine Tochter!

CRUGANTINO *gerührt vor sich.* Und du, Elender! das ist dein Werk, deiner Torheiten. Dieser Engel!

GONZALO. Wein!

SIBYLLE *ohne Wein, vergeistert.* Herr!

GONZALO. Wein!

SIBYLLE. Herr!

GONZALO. Bist du toll?

Sebastian. Wache.

SEBASTIAN. Hier! Ergreift ihn!

CRUGANTINO. Mich?

SEBASTIAN. Dich! Ergib dich!

GONZALO. Was ist das?

CRUGANTINO *wirft seinen Stuhl um und verrammelt sich hinter den Tisch und Claudinen, greift in die Taschen und zieht ein Paar Terzerole heraus.* Bleibt mir vom Leibe! Ich möchte nicht gern einem was zuleide tun. *Sebastian auf ihn losgehend.* Damit ihr seht, daß sie geladen sind! *Er schießt eine nach der Decke, Sebastian weicht. Crugantino zieht den Degen, in der andern Hand die Terzerole.* Die für den, der mir nachfolgt! *Er springt über den Stuhl weg und schwadroniert sich durch die Kerls durch, hinaus.*

SEBASTIAN *denen draußen.* Haltet! Haltet! Nach! Allons, nach!

Er geht zuerst.

CLAUDINE *die vom Schuß aufgefahren ist, sieht wild um sich her.* Tot! tot! Hast du's gehört? Sie haben ihn erschossen. *Springt auf.* Erschossen. Mein Vater! *Weinend.* Und Sie haben's gelitten! Wo haben sie ihn hin? Wo sind sie hin? Wo bin ich? Pedro! *Sie fällt wieder in den Sessel.*

GONZALO. Mein Kind! Mein Kind! *Zu Camillen und Sibyllen.* Steht ihr da! Guckt ihr zu! Hier, Sibylle, hier meine Schlüssel, hol meinen Balsam droben. Camille, geschwind in Keller, vom, stärksten Wein! Claudine! mein Kind!

Claudine bebt sich ohnmächtig, ohne zu sprechen, reicht ihrem Vater die Hand und sinkt wieder hin. Gonzalo gebt verwirrt bald zu, bald von ihr.

SEBASTIAN *kommt.* Er hat sich durchgeschlagen, wütend wie der Teufel! Du sollst uns nicht müde machen. Gonzalo, ich bitte dich.

GONZALO. O meine Tochter!

SEBASTIAN. Es ist der Schröck. Sie erholt sich wieder. Willst du mir deine Bedienten erlauben, deine Pferde? Ich will ihm nach.

GONZALO. Mach, was du willst.

CLAUDINE. Sebastian.

SEBASTIAN. Auf Wiedersehn, Fräulein.

CLAUDINE. Pedro! Er ist tot?

SEBASTIAN. Sie ist verwirrt, pflegt sie, ich muß fort. *Ab.*

GONZALO *sie zum Sessel führend.* Beruhige dich, Engel.

CLAUDINE. Er geht. Und sagt mir nicht: ist er tot, lebt er? Ach, meine Knie, meine armen Knie! Mein Herz wird brechen.

Sibylle kommt.

SIBYLLE. Hier der Balsam.

CLAUDINE. Gefährlich verwundet, sagtest du? In Sarossa?

GONZALO. Wer!

SIBYLLE. Pedro.

GONZALO. Wie!

SIBYLLE. Ach, daß man nicht von Sinnen kommt über den Lärm und das Gewirre. Heiliger Gott! Da kommt Bastians Diener gesprengt, fragt nach seinem Herrn, und da er ihn nicht antrifft, hinterläßt er: Pedro sei gefährlich verwundet, in Sarossa im Wirtshaus, und fort! Und gleich drauf Sebastian mit Wache, unsern Gast zu fangen, der sich durchschießt und -schlägt. Und Nichtchen in Ohnmacht. Mir wird's blau vor den Augen. *Setzt sich.* Mir wird's weh.

Camille mit Wein.

GONZALO. Gib her. Trink einen Tropfen, Claudine! Gib Sibyllen ein Glas. Du siehst auch wie ein Gespenst.

CAMILLE. Mir klappern die Zähne, wie im Fieber. Den Schröcken fühl ich Jahr und Tag in den Gliedern.

GONZALO. Trink ein Gläschen! Reib dir die Schläfe mit dem Balsam. Reib, Sibylle.

CAMILLE *setzt sich.* Ich halt's nicht aus.

CLAUDINE. O mein Vater! Pedro gefährlich verwundt! Sebastian wollte mich nicht hören!

GONZALO. Es hat's ihm niemand gesagt.

CAMILLE. In dem Lärm, in der Angst!

CLAUDINE. Ohne Hülfe vielleicht.

GONZALO. Du machst dir's zu fürchterlich vor. Ein Stich in den Arm, ein Ritzchen, liebes Kind, einem Manne was ist das? Sei ruhig! Ich will einen nach Sarossa sprengen.

CAMILLE. All Eure Leute und Pferde sind mit Sebastianen.

GONZALO. Verflucht.

CLAUDINE. Oh, aus dem Dorf drüben.

SIBYLLE. Ja, wer soll bei Nacht übers Wasser? Die Fähre steht drüben: ihr hört ja, es ist alles fort.

GONZALO. Bis morgen gedulde dich, Liebchen, und geh jetzt zu Bette.

CLAUDINE. Laßt mich noch einen Augenblick, bis sich das Blut gesetzt hat. Ich könnte jetzt nicht schlafen. Aber die Augen fallen Euch zu! Sorgt für Eure Gesundheit.

GONZALO. Laßt mich.

CLAUDINE. Ihr werdet mich beruhigen!

GONZALO. Nun denn! Nichten, ihr wacht mir aber bei ihr. Ich bitt euch, verlaßt sie nicht. Morgen mit dem frühsten sollst du Nachricht von Pedro haben. Weckt mich, Nichten, gegen Morgen. Gute Nacht. Lieb Mädchen, leg dich bald. Leucht mir, Camille. Gute Nacht. *Mit Camille ab.*

Claudine. Sibylle.

SIBYLLE *nach einer Pause.* Der Kopf möchte mir zerspringen. Die Knie sind mir wie geradbrecht. Auf solch einen Tag solch eine Nacht!

CLAUDINE. Ich kann euch nicht zumuten zu wachen, Nichten.

SIBYLLE. Aber Euer Vater?

CLAUDINE. Laßt; der soll nichts erfahren. Geht hinauf, legt euch wenigstens auf die Betten. Nur in Kleidern, es ist doch immer Ruh. Ihr seid alle wach, eh mein Vater, und dann Laßt mich nur!

Camille kommt.

SIBYLLE. Nichtchen will, wir sollen schlafen gehn.

CAMILLE. Lieb Nichtchen! Gott lohn's! Ich halt's nicht aus.

SIBYLLE. Wir begleiten dich zuerst ins Bett.

CLAUDINE. Laßt's nur. Ich bin ja hier gleich nebenan. Und muß mich noch erst erholen.

SIBYLLE und CAMILLE. Gute Nacht denn.

CLAUDINE. Gute Nacht. *Sibylle und Camille ab.* Bin ich euch los? Darf ich dem Tumult meines Herzens Freiheit lassen? Pedro! Pedro! wie fühl ich in diesen Augenblicken, daß ich dich liebe! Ha, wie das all drängt und tobt, die verborgne, mir selbst bisher verborgne Leidenschaft! Wo bist du? und was bist du mir? Tot, Pedro! Nein! verwundet! Ohne Hülfe! Verwundet? Zu dir zu dir! Mein Schimmel, der du mich so treu auf die Falkenjagd trugst, was wärst du mir jetzt! Mein Kopf! Mein Herz! Es ist nicht kühn, es ist nichts. *Auf dem Tisch die Gartenschlüssel findend.* Und diese Schlüssel? Eine Gottheit sandte mir sie! Durchs kleine Pförtchen in Garten, hinten die Terrasse hinunter; und in einer halben Stunde bin ich in Sarossa! Die Herberge? Ich werde sie finden! Und diese Kleider? Die Nacht? Hab ich nicht meines Vettern Garderobe noch da? Paßt mir nicht sein blaues Wams wie angegossen? Ha, und seinen Degen! Die Liebe geleitet mich; da sind keine Gefahren! Und auf dem Wege? Nein, ich wag's nicht! So allein! Und wenn deine Nichten erwachen und dein Vater? Und du, Pedro, liegst in deinem Blute! Dein letzter Atemzug ruft noch Claudinen! Ich komme, ich komme! Fühle, wie meine Seele zu dir hinüberreicht! An deinem Bette liegen, um dich weinen, wehklagen möcht ich, Pedro! Nur daß ich dich sehe, deine Hand fühle, daß dein Puls noch schlägt; daß ein schwacher Druck mir sage, er lebt noch, er liebt dich noch! Ist niemand, der ihn verbinde, der das Blut stille?

Herz, mein Herz,

Ach, will verzagen!

Soll ich's tragen,

Soll ich fliehn,

Soll ich's wagen,

Soll ich hin?

Herz, mein Herz,

Hör auf zu zagen;

Ich will's wagen,

Ich muß hin!

Gegen Morgen, vor der Herberge zu Sarossa

CRUGANTINO *den Degen unterm Arm.* So hatte Basko recht? Man stellt mir nach? Wo er nur stickt? Sie sind an mir vorbeigesprengt und -gelaufen. Hai ich kenn die Büsche besser als ihr, und ihr habt keine sonderlichen Spürhunde; und die besten beißen uns nicht. *Klopft an die Türe der Herberge.*

Ein Knabe kömmt.

KNABE. Gnädiger Herr!

CRUGANTINO. Ist Basko zu Haus kommen?

KNABE. Ja, gnädiger Herr, mit einem Blessierten; der liegt in Ihrer Stube. Hernach ist er gleich fort und hat mir befohlen zu wachen, wenn etwa der Fremde schellte. Und Ihnen soll ich sagen, er sei nach Mirmolo. Ich kenn zwar so keinen Ort; ich glaubte, er spaßte.

CRUGANTINO. Gut! Geh hinein und halt dich munter. *Junge ab.* Mirmolo! Unsre Losung für Villa Bella! Nach Villa Bella, Basko! Ich versteh! Sebastian! Wer ist der Sebastian? Was hat er gegen mich? Das wird sich all entwickeln; das wird all zu verbeißen sein; hättst du nur deine Zither nicht im Stich gelassen! Das ist ein schurkischer Streich, darüber du Ohrfeigen verdient hättest von einem Hundsfutt! Deine Zither! Ich möchte rasend werden. Was sollte man von dem Kerl sagen, der in ein Gedränge kam mit seinem Freund, und sich durchschlug und seinen Freund im Stich ließ? Pfui! über den Kerl! Pfui! Und deine Zither, mehr wert als zehn Freunde; deine Gesellin, Gespielin, Buhlerin; die noch all deine Liebsten ausgehalten hat! Wie wär's, ich kehrte zurück? denn die Spürhunde sind fort! Wohl! kein Mensch vermutet mich dort! Wohl! ich weiß die Schliche! Das war ein Streich! In der Verwirrung, in der das Haus ist Ach, und die arme Claudine! Dies Abenteuer sieht windig aus. Doch, allons! erst die Zither befreit, und das übrige gibt sich!

Er die eine Seite der Straße hinauf; Claudine in Mannskleidern an der andern.

CLAUDINE. Da bin ich! Götter, das ist Sarossa! Und nun die Herberge! Mir zittern meine Knie; ich kann nicht mehr. *Auf eine Hausbank sich setzend, der Herberge gegenüber.*

CRUGANTINO. Eine Erscheinung! Was will der geputzte Bube die Nacht hier? Abenteuer über Abenteuer! Wollen's doch besehn.

CLAUDINE. Weh, ich höre jemand!

CRUGANTINO. Mein Herr!

CLAUDINE. Ich bin verloren!

CRUGANTINO. Keine Furcht! Sie haben mit einer redlichen, braven Seele zu tun. Kann ich was dienen?

CLAUDINE. Ich bitte! Ich weiß schon! Ich bitte, lassen Sie mich!

CRUGANTINO. Welche Stimme? *Bei der Hand nehmend.* Himmel, welche Hand!

CLAUDINE. Lassen Sie mich!

CRUGANTINO. Claudine!

CLAUDINE *aufspringend.* Ha! Señor! Bei der Gastfreiheit meines Vaters! Ich beschwöre Sie! Himmlische Geister!

CRUGANTINO.

    Schönste! Wie, Schönste,

    Hier find ich dich wieder?

CLAUDINE.

    Himmel! Ach Himmel!

    Ich sinke darnieder!

CRUGANTINO.

Bietest den nächt'gen

Gefahren so Trutz?

CLAUDINE.

Götter, ihr guten!

Gewähret mir Schutz!

CRUGANTINO *sie bei dir Hand fassend.*

So allein! so Nacht! so schön!

CLAUDINE *ihn wegstoßend.*

Laß mich gehn! laß mich gehn!

CRUGANTINO.

Darf ich fragen,

Darf ich wissen,

Wie du dich dem

Haus entrissen,

Mir so auf den Füßen nach?

Dürft ich hoffen?

CLAUDINE.

Welche Schmach!

ZUSAMMEN.

Darf ich hoffen?

Welche Schmach!

PEDRO *am Fenster horchend.*

Himmel! ich träume;

Ich hörte Claudinen

!

CRUGANTINO *kniend.*

Göttin der Erde!

CLAUDINE *ihn zurückstoßend.*

Du darfst dich erkühnen?

CRUGANTINO.

Höre, Schöne! nur ein Wort!

Komm, hier ist ein sichrer Ort.

CLAUDINE.

Aus den Augen, Bösewicht!

Ha, du kennst dies Herz noch nicht!

CRUGANTINO *auf sie losgehend.*

Dich ergeben!

Nicht so getan!

CLAUDINE *den Degen ziehend und ihn vorhaltend.*

Nicht ums Leben!

Komm heran!

CRUGANTINO *sie anfassend und forttragend.*

O schöne Wut!

Mein ist die Beute!

CLAUDINE *in seinen Armen sich wehrend;*

Bei Gottes Blut!

Helft mir, ihr Leute!

PEDRO *vom Fenster weg und herab.*

Sie ist's! Sie ist's!

CLAUDINE. *Crugantino will sie eben in die Herberge tragen.*

Gewalt! Gewalt!

PEDRO *unter der Türe, den Degen in der Linken.*

Halt! Halt!

CLAUDINE.

Pedro!

PEDRO.

Claudine!

BEIDE.

Welches Glück!

CRUGANTINO *der Claudinen niedersetzt, aber an der Hand behält, den Degen zieht und weicht und ihr ihn auf die Brust setzt.*

Nicht so eilig!

Zurück, du! Zurück!

BEIDE.

Götter!

CRUGANTINO.

Mäß'ge die Hitze,

Sonst ist's um sie geschehn!

PEDRO.

Wende die Spitze!

Wag's, mir zu stehn!

CRUGANTINO.

Zurück! Zurück!

BEIDE.

Götter!

CRUGANTINO.

Du siehst ihr Blut

Aus diesem Herzen fließen!

PEDRO.

Schreckliche Wut!

Sieh mich zu deinen Füßen!

CRUGANTINO.

Mäß'ge die Hitze!

PEDRO.

Wende die Spitze!

CRUGANTINO.

Es ist um sie geschehn!

PEDRO.

Höre mein Flehn!

CRUGANTINO.

Zurück! Zurück!

BEIDE.

Götter!

BASKO *von ferne.*

Hör ich ein Lärmen,

Hör ich ein Getöse?

Säufer, die schwärmen

Feindlich so böse?

CRUGANTINO *ihn hörend.*

Basko!

BASKO *antwortet mit einer Fratze und füllt den Rhythmus mit dem Nachtigallenschlag.*

Tarasko!

Titilirtirerireli!

CRUGANTINO.

Führ den Verwundeten,

Er irrt uns hie.

PEDRO *Basko drohend.*

Laß mich hinüber!

CRUGANTINO *Claudinen wegführend.*

Er raset im Fieber.

BASKO *Pedro den Degen aus der Hand schlagend.*

Allons zu Bette!

CLAUDINE *von Crugantino mit Gewalt entführt.*

Rette mich, rette!

Tutti.

Während des Tutti hätte fast Crugantino Claudinen weggeführt. Pedro, rasend, springt ungefähr dem Basko an Kopf, wirft ihn zu Boden, über ihn hinaus und auf Crugantino los, der den Degen Claudinen auf die Brust hält. Sie stehn, und die Musik macht eine Pause.

WACHE *von ferne.*

 Hierher! hierher

 Hör ich ein Lärmen!

EIN ANDERER.

 Lumpen und Schurken!

 Hör! wie sie schwärmen!

CRUGANTINO *Claudinen loslassend. Basko und erfechten gegen die Wache.*

 Basko, zu Degen!

WACHE *zuschlagend.*

 Ha, so verwegen!

PEDRO *zu Claudine, sie anfassend.*

 Eilig von hinnen!

CLAUDINE *Pedro in die Arme sinkend.*

Weh! meine Sinnen!

WACHE *Pedro und Claudinen anhaltend.*

Haltet!

PEDRO UND CLAUDINE.

O weh!

WACHE *entwaffnend den Crugantino und Basko.*

Gib dich!

CRUGANTINO UND BASKO.

O Schmach!

Tutti.

WACHE *führt alle weg.*

Folget mir nach!

PEDRO UND CLAUDINE.

Weh! Weh!

WACHE.

Frevler, ergib dich!

CRUGANTINO UND BASKO.

Schmach! Schmach!

Ein enges Gefängnis.

Pedro und Claudine.

Sie kniet auf der Erde, ihre Hände und den Kopf trostlos auf eine Erhöhung an der Wand
legend.

PEDRO.

O quäle

Deine liebe Seele,

Quäle deine liebe Seele nicht!

CLAUDINE *sich abwendend.*

Mein Herze

In bangem Schmerze,

Mein Herz in bangem Schmerze bricht.

PEDRO.

O quäle

Deine liebe Seele,

Quäle deine liebe Seele nicht!

CLAUDINE *sich aufrichtend, doch auf den Knien.*

Himmel, höre meine Klage!

Ich vergeh in meiner Plage;

Erd und Tag sind mir verhaßt.

PEDRO.

Vor dir schwindet alle Plage,

Wird die Finsternis zum Tage,

Dieser Kerker ein Palast!

Er will sie aufrichten; sie springt auf und macht sich los.

CLAUDINE.

Grausamer! Feindlicher!

Kürzest mein Leben!

PEDRO.

>Himmel, o freundlicher!
>
>Hilf mir er streben!

CLAUDINE.

>Vater! Ich Ärme!
>
>Stirbest für Schmerz!

PEDRO.

>Himmel, erbarme,
>
>Tröste das Herz!

Man hört Schlüssel rasseln.

Sebastian. Der Kerkermeister.

KERKERMEISTER. Seht, ob hier Euer Mann ist? Sonst hab ich drüben noch ein Paar!

SEBASTIAN. Pedro!

PEDRO *ihn umhalsend.* Mein Freund!

SEBASTIAN. Was ist das? Und dein Geselle?

CLAUDINE. Erde, verbirg mich!

SEBASTIAN. Bin ich behext? Claudine?

CLAUDINE. Weh mir!

PEDRO. Bester Engel!

SEBASTIAN. Du siehst so bleich! Claudine, bist du's? Claudine

CLAUDINE. Überlassen Sie mich meinem Elend! Ich will des Tages Licht, will euch alle nicht wiedersehn.

SEBASTIAN. Nur ein Wort; nur ein gescheut Wort, Pedro! Wie kommt ihr daher? Mir schwimmt alles im Kopfe.

PEDRO. Ich hatte eine kleine Rencontre, ward in dem Arm verwundet und hierher gebracht. Gegen Tag ging's; ich lag in der Herberge auf einem Bette und schlummerte; da hört ich Claudinens Stimme, hörte sie um Hülfe rufen; sprang herunter und fände sie mit einem Wagehals ringen; ich wollte sie befreien und ward mit ihr eingesperrt.

SEBASTIAN. Item, und du, Liebchen?

CLAUDINE. Können Sie fragen?

SEBASTIAN. Du hörtest Pedros Unfall, und dein gutes Herzchen

PEDRO. Schone sie! Ihr Herz ist in fürchterlichem Aufruhr.

SEBASTIAN. Dich sucht ich nicht; ich suchte deinen Bruder, den ich die ganze Nacht verfolgte; und nun hör ich, er sei hier eingesperrt.

PEDRO. Hier? Welcher Gedanke schießt mir durch die Seele!

SEBASTIAN. Es muß ein Irrtum sein!

PEDRO. Der mich verwundete; der Claudinen drohte! Es ist einer und der!

SEBASTIAN. Wir wollen sehen. *Ruft.* Kerkermeister!

KERKERMEISTER. Gnädiger Herr!

SEBASTIAN. Du sagtest noch von zweien; bring sie her!

KERKERMEISTER. Gleich, Señor!

PEDRO. O wenn er's wäre!

SEBASTIAN. Er hat dich verwundet, sagtest du?

PEDRO. Verwundet, und diesen Engel geängstet! Wenn's mein Bruder wäre!

CLAUDINE. Wir wollten ihm verzeihen. Ach, Pedro; wenn nicht wenn ich was anders fühlen könnte als meinen Schmerz!

SEBASTIAN. Sei ruhig, Geckchen! Die Sache sieht bunt aus. Nur Geduld!

Die Vorigen. Der Kerkermeister. Crugantino. Basko.

Man bringt einen Stuhl für Claudinen.

KERKERMEISTER. Señor, hier ist das edle Paar.

SEBASTIAN. Señor Crugantino, treffen wir einander da? Vor kurzem fand ich Euch woanders.

CRUGANTINO. Keinen Spott! Eure Tapferkeit ist's nicht, daß ich hier bin.

SEBASTIAN. So? Unterdessen ist mir's immer viel Ehre, Señor Crugantino hier zu sehn. Darf man fragen, ist das der einzige Name, den Sie führen?

CRUGANTINO. Darauf will ich Euch antworten, wenn Ihr mein Richter sein werdet und mir's gelegen sein wird.

SEBASTIAN. Auch gut! Und Euer Name ist Basko, wie man sagt?

BASKO. Für diesmal; Euer Gnaden zu dienen.

SEBASTIAN. Geselle dieses edlen Ritters hier?

CRUGANTINO. Ha, alter Schwätzer!

SEBASTIAN. Mir das?

CRUGANTINO. Ich bin ein Gefangener; also laßt Euer Point d'honneur stecken. *Zu Pedro.* Mit Euch, Herr, bin ich übler dran. Erst verwundt ich Euch um nichts und wieder nichts, dann bin ich an Eurer Haft schuld. Vergebt mir!

PEDRO. Gern, gern! Und für mich warum nicht tausendmal, da dieser Engel dir vergibt, den du geängstet? Ich will dir's vergeben: denn büßen könntst du's nie.

CRUGANTINO. Vergrößert meine Schuld nicht; ich will sie tragen, wie sie ist. Aber gesteht mir: ein Mensch, der halbwege Abenteuer zu bestehen weiß, soll der eine Schöne, eine gewünschte, geliebte Schöne, die sich allein nachts dem Schutze des Himmels anvertraut, um so wohlfeilen Preis aus seinen Händen lassen?

CLAUDINE. Wie erniedrigt er mich! Er hat recht! O Liebe! Liebe!

PEDRO. Ich bin der Glücklichste unter der Sonne!

SEBASTIAN. Und glaubt Ihr dann, das putzte man alles so ab, wie ein Bauer die Nase am Ärmel? Ihr müßt ein Gewissen haben.

CRUGANTINO. Erst Richter; und dann Beichtvater.

SEBASTIAN. Stünd's bei mir, ich machte auch den Medikus und ließ Euch ein bißchen zur Ader; nur aus Kuriosität, das edle Blut zu sehn.

CRUGANTINO. Edles Blut, Herr? Edles Blut? Eure Habichtsnase sieht freilich in eine alte Familie; aber mein Blut darf sich gegen dem Eurigen nicht schämen. Edles Blut?

SEBASTIAN. Reiß dem die Zunge aus, der gegen Castelvecchio was redet.

CRUGANTINO. Castelvecchio? Ich bin verraten!

SEBASTIAN. Und was soll man dir tun, der du dies edle Haus so entehrst?

CRUGANTINO. Zu allen Teufeln!

SEBASTIAN. Kennst du Sebastian von Rovero nicht? Bist du nicht der Alonzo mehr, der auf meinen Knien saß; der die Hoffnung seines Vaters, seines Hauses war? Kennst du mich nicht mehr?

CRUGANTINO. Sebastian?

SEBASTIAN. Ich bin's! Versinke, ehe du hörst, was vor ein Ungeheuer du bist!

CRUGANTINO. Seid großmütig! Ich bin ein Mensch.

SEBASTIAN. Nichts vom Vergangenen, Elender! was vor dir steht! Hast du nicht diesen Edlen verwundet; seine Liebste, seine Braut aus den Armen ihres Vaters gesprengt, der ihr diesen Schritt nie verzeihen wird? Und nun bringst du sie als Mitgenossen deiner Bosheit in diesen Kerker! Ihn, den Besten, Freisten, Gütigsten! Deinen Bruder!

CRUGANTINO. Bruder?

PEDRO *ihn umhalsend.* Bruder! mein Bruder!

SEBASTIAN. Pedro von Castelvecchio!

CRUGANTINO. Laßt mich, ich bitt euch, laßt mich! Ich hab ein Herz, das empfindet; und was euch bestürmt, greift mich auch an. Mein Bruder! der unerträglichste Gedanke! Weg! Ich will nur fühlen, daß ich dich habe, daß du mein Bruder bist. Hier, Pedro? mein Bruder hier?

SEBASTIAN. Auch um deinetwillen! Als wir endlich dir ohngefähr auf die Spur gekommen, und er hörte, daß ich Anstalten machte, dich zu kapern, verließ er Madrid.

PEDRO. Ich fürchtete seine Strenge. Sebastian ist gut, wenn man ihn gut läßt.

CRUGANTINO. Ihr seid ausgezogen, mich zu fangen? Nun, was hättet ihr an mit? Was habt ihr an mir? Wollt ihr mich in Turm sperren, um der Welt den unbedeutenden Ärger und meiner Familie die eingebildete Schande zu sparen? Nehmt mich! Und was habt ihr getan? und seid ihr mir nichts schuldig?

SEBASTIAN. Führt Euch besser auf!

CRUGANTINO. Mit Eurer Erlaubnis, mein Herr! davon versteht Ihr nichts! Was heißt das: aufführen? Wißt Ihr die Bedürfnisse eines jungen Herzens, wie meins ist? Ein junger toller Kopf? Wo habt Ihr einen Schauplatz des Lebens für mich? Eure bürgerliche Gesellschaft ist mir unerträglich! Will ich arbeiten, muß ich Knecht sein; will ich mich lustig machen, muß ich Knecht sein. Muß nicht einer, der halbweg was wert ist, lieber in die weite Welt gehn? Verzeiht! Ich höre nicht gern anderer Leute Meinung; verzeiht, daß ich Euch die meinige sage. Dafür will ich Euch auch zugeben, daß, wer sich einmal ins Vagieren einläßt, dann kein Ziel mehr hat und keine Grenzen; denn unser Herz ach! das ist unendlich, solang ihm Kräfte zureichen!

PEDRO. Lieber Bruder, sollte dir's in dem Kreise unsrer Liebe zu enge werden?

CRUGANTINO. Ich bitte dich, laß mich! Es ist das erstemal, daß ich dich sozusagen sehe und

PEDRO. Laß uns Brüder sein!

CRUGANTINO. Ich bin dein Gefangener.

PEDRO. Nichts davon!

CRUGANTINO. Ich bin's willig; nur überlaßt mich mir selbst. Wenn ich je euch zur Freude leben kann, so müßt ihr mir das schuldig sein.

PEDRO. In diesen edlen, zärtlichen Empfindungen find ich das Ungeheuer nicht mehr, das Claudinens Blut zu vergießen drohte.

CRUGANTINO *lächelnd.* Claudinens Blut zu vergießen? Du hättest mir den Degen durch den Leib rennen können, ohne daß ich mich unterstanden hätte, dem Engel ein Haar zu krümmen.

SEBASTIAN. Umarme mich, edler Junge! Hier erkenne ich im Vagabunden das Blut von Castelvecchio.

PEDRO. Und doch ängstigtest du?

CRUGANTINO. Gut! weil ich weiß, daß man euch Verliebte mit Zwirnsfäden binden kann.

SEBASTIAN. Guter Junge!

CRUGANTINO. Und habt ihr nicht gehört, daß alle brave Leute in ihrer Jugend gute Jungens waren, auch wohl etwas mehr sogar?

SEBASTIAN. Top!

CRUGANTINO. Und sogar Ihr selbst.

> Könnt ihr mir vergeben?

> Laßt uns Brüder sein!

CLAUDINE *mit schwacher Stimme.*

> Ändre dein Leben!

> Sollst mein Bruder sein.

PEDRO.

> Ich hab dir vergeben;

> Wollen Brüder sein!

> *Zu drei.*

CRUGANTINO. Laßt uns Brüder sein.

CLAUDINE. Sollst mein Bruder sein.

PEDRO. Wollen Brüder sein.

SEBASTIAN. Nun, allons, auf! daß wir aus dem Rauchloch kommen. Claudine, Mädchen, wo bist du? Armes Kind, was für Freud und Schmerz hast du ausgestanden! Du sollst dich erholen, sollst Ruhe haben, sollst alles haben; komm! Wir kriegen hier wohl einen Tragsessel; und so auf Villa Bella!

CLAUDINE. Nimmer, nimmermehr! In ein Kloster, Bastian! oder ich sterbe hier. Meinem Vater unter die Augen treten? Das Licht der Sonne sehn? *Sie will aufstehn und fällt zurück.*

SEBASTIAN. Sei ruhig, Mädchen! du bist zerrüttet. Auf, meine Herrn! sorgt für einen Sessel; wir müssen fort.

Gonzalo tritt auf.

GONZALO. Wo sind sie? Wo ist Bastian? Bastian!

CLAUDINE. Mein Vater! *Sie fällt in Ohnmacht.*

GONZALO. Die Stimme meiner Tochter? Pedro! Bastian! Wie? Wo? *Sich auf sie werfend.* Claudine! meine Tochter!

SEBASTIAN.

Ärzte! Hülfe! Schnell von hinnen!

CRUGANTINO.

Götter! ach! ich atme kaum!

PEDRO.

Wehe! mir vergehn die Sinnen!

GONZALO.

Seid ihr alle? Ist's ein Traum?

SEBASTIAN. CRUGANTINO *den Gonzalo und Pedro von Claudinen wegziehend.*

Weg von hier!

PEDRO. GONZALO *den Sebastian und Crugantino von sich stoßend.*

Weg mit dir!

SEBASTIAN.

Herr, ach, seht nach Eurer Wunde!

PEDRO.

Laßt mich sterben! Sie ist tot!

GONZALO.

Gott, ich gehe dir zugrunde!

CRUGANTINO.

Ich vergeh in ihrer Not!

SEBASTIAN. CRUGANTINO *wie oben.*

Weg vn hier!

PEDRO. GONZALO *wie oben.*

Weg mit dir!

PEDRO.

Uns so fürchterlich verderben!

Sieht denn Gott nicht unsre Not?

GONZALO.

Nein, du kannst, du kannst nicht sterben,

Mädchen nein, du bist nicht tot!

Zu vier.

SEBASTIAN.

Wie erbärmlich unsre Not!

CRUGANTINO.

Ich vergeh in ihrer Not.

PEDRO.

Laßt mich sterben! Sie ist tot!

GONZALO.

Mädchen, nein, du bist nicht tot.

SEBASTIAN.

Sie richtet sich,

CRUGANTINO.

Sie lebt.

PEDRO [und] GONZALO *[zugleich]*. Claudine!

CLAUDINE *sie sieht starr ihren Vater und Pedro an.* Mein Vater! Pedro!

GONZALO. Meine Tochter!

SEBASTIAN. Schont sie.

CLAUDINE. Pedro! Mein Vater!

GONZALO. Sei unser! Lebe! lebe! um meinetwillen; um des Edlen willen!

SEBASTIAN. Schont sie! Schone sie! Sie ist dein.

PEDRO. Mein Vater!

GONZALO. Sie ist dein!

CHOR.

    Brüllt nicht der Donner mehr,

    Ruhet der Sturm im Meer;

    Leuchtet die Sonne

    Über euch gar.

    Ewige Wonne!

    Seliges Paar!